Mitologia Egípcia

ÍNDICE

1. A HISTÓRIA DA CRIAÇÃO

2. A TRÍADE DE MÊNFIS

3. OSÍRIS - A PRIMEIRA MÚMIA

4. ÍSIS E OS SETE ESCORPIÕES

5. HÓRUS X SETH

6. O LIVRO DE THOTH

7. O LÓTUS DOURADO

8. O PRÍNCIPE QUE ENCONTROU A ESFINGE

9. A HISTÓRIA DA FOME

Personagens e Elementos

Rá
Também conhecido como Ré, deus do sol, dos reis, da ordem e do céu. Ele criou o mundo e era o governante do céu, da Terra e do Mundo Subterrâneo.

Anúbis
Deus dos mortos, do embalsamamento, da mumificação, dos cemitérios, da vida após a morte e do Mundo Subterrâneo.

Osíris
Deus da fertilidade, da agricultura, da vida e, ao mesmo tempo, da vida após a morte, dos mortos e da ressurreição.

Ísis
Também conhecida como Aset, é irmã e esposa de Osíris. Deusa da cura e da magia. Seu nome significa Rainha do Trono.

Hórus
Deus com cabeça de falcão. Seu olho direito é o sol ou estrela da manhã e o olho esquerdo é a lua ou estrela da tarde.

Seth
Também conhecido como *Setekh* ou *Setesh*, é irmão de Osíris. Ele é o deus do deserto, das tempestades, dos terremotos, dos eclipses, do caos e das terras estrangeiras.

Thoth
Deus da lua, da sabedoria, dos cálculos, da ciência, da aprendizagem, da magia, da arte, do julgamento e da escrita. Ele é o inventor da escrita, criador das línguas, conselheiro dos deuses e representante de Rá.

Néftis
Esposa de Seth, divindade do luto, do parto, da morte, da proteção, da saúde e do embalsamamento.

Sacmis
Deusa da guerra e destruidora dos inimigos de Rá. Também conhecida como o Olho de Rá.

Ptá

Deus-criador das coisas. Por ter criado todas as outras divindades, ele é considerado o patrono dos artesãos, escultores e arquitetos.

Quenúbis
Alguns acreditam que ele criou os humanos da argila usando uma roda de oleiro.

O grande ovo
Também conhecido como Ovo Cósmico, é visto como a alma das águas primitivas de onde nasceu Rá.

Livro de Thoth
Uma coleção de textos egípcios antigos escritos por Thoth. Dizem que o livro contém feitiços mágicos e o conhecimento da linguagem dos animais.

Pirâmides
Tumbas reais para os antigos faraós egípcios e seus cônjuges.

A esfinge
Visto mais como um símbolo do que como uma entidade individual. Uma figura guardiã, protetora das pirâmides, flagelo dos inimigos de Rá. Também representava o faraó, o poder divino do faraó.

Apófis
Também conhecida como *Apep*, é a Grande Serpente, o demônio do caos e o maior inimigo de Rá.

A flor de lótus
Um símbolo da arte, do sol, da criação, da regeneração e do renascimento. Foi uma das primeiras plantas a existir no Antigo Egito.

A HISTÓRIA DA CRIAÇÃO

No início, havia apenas escuridão e uma massa aquosa chamada Nun. De Nun veio o grande ovo cósmico. Dizem que foi colocado pelo pássaro Íbis. Desse ovo nasceu Rá, o deus do sol e criador do mundo. Naquela época, ele parecia um falcão. O todo-poderoso Rá podia assumir diferentes formas. Seu poder estava em seu nome oculto, que ninguém sabia. Ele tinha o poder de criar coisas apenas pronunciando seus nomes. Ele criou o sol da manhã, do meio-dia e da tarde, dizendo:

– Eu sou Khepri, ao amanhecer, Rá, ao meio-dia, e Atum, à noite.

Com sua afirmação, o sol nasceu e se pôs pela primeira vez. Quando disse:

– Siiu! – os ventos começaram a soprar.

Quando ele disse:

– Tefnut! – começou a chover.

Quando ele disse:

– Ceb! – houve a terra.

Quando ele disse:

– Nut! – lá estava o céu.

Quando ele disse:

– Hapi! – o grande rio Nilo começou a fluir pelo Egito.

Ricas plantações cresciam, à medida que Rá continuava a nomeá-las. Ele também deu nome aos animais e eles foram surgindo, um a um. Quando a Terra se encheu de terra, água e alimento, as lágrimas e o suor de Rá criaram a humanidade. Logo, o Egito ficou cheio de homens e mulheres.

Quando o Egito estava cheio de seres vivos e abundância, Rá assumiu a forma de um homem e se tornou o primeiro Faraó. Osíris, filho do deus da terra Geb e da deusa do céu Nut, ensinou os humanos a como cultivar e viver de acordo com os princípios da civilização. Por milhares de anos, Rá governou o Egito, abençoou o povo da Terra, com boas colheitas e uma vida agradável, e estabeleceu leis para homens e mulheres seguirem para uma sociedade justa. Todos aceitaram a palavra dele de bom grado. Entretanto, com o passar do tempo, a forma humana de Rá começou a envelhecer. Com o surgimento de novas gerações, o povo do Egito começou a perder a fé nele. Eles olhavam para sua forma envelhecida e questionavam sua autoridade. Na verdade, já não estavam mais interessados em seguir as leis estabelecidas por ele. A maldade e a desobediência das pessoas aumentavam, assim como a raiva de Rá. Então, ele chamou os seres divinos Shu, Tefnut, Geb, Nut e Nun.

– Ó Nun, o mais velho dos deuses, me dói tanto olhar para a humanidade. Suas más ações são insuportáveis e eles não desejam mais permanecer devotados. O que devo fazer para detê-los? – perguntou Rá.

– Rá, o deus mais poderoso de todos, volte seus poderosos olhos para eles – disse Nun.

Todos os deuses concordaram. De seus olhos, Rá criou a deusa Sacmis na forma de uma leoa. Ela se deleitou com a matança e o sangue, indo de um canto da Terra a outro, trazendo destruição e morte aos humanos que desobedeceram e desprezaram Rá. Quando Rá olhou para o rio Nilo, viu sangue em vez de água. Isso continuou por muitos dias. Sacmis continuou matando pessoas. Contudo, Rá sentiu pena dos humanos e, finalmente, a deteve. Rá governou a Terra por mais algum tempo, até ficar muito velho. Então, ele deixou a Terra nas mãos dos deuses mais jovens e foi governar nos céus.

A TRÍADE DE MÊNFIS

Sacmis é conhecida como o Olho de Rá. Ela foi criada quando as pessoas na Terra pararam de seguir as leis estabelecidas por Rá. Ela soprou fogo e ventos quentes do deserto, causou pragas e destruiu tanto a humanidade que a água do rio Nilo ficou vermelha de sangue. Por muitas noites, os pés de Sacmis ficaram vermelhos, enquanto ela continuava a matar as pessoas em todo o Egito. Quando Rá olhou para a destruição causada por ela, sentiu pena da humanidade. Mesmo que as pessoas se rebelassem contra ele, ele não queria que elas sofressem mais. Ele estava confiante de que, a partir de então, eles levariam uma vida justa.

– Já chega, minha filha! – pediu Rá a Sacmis. – Vejo que obedeceu bem as minhas ordens.

No entanto, Sacmis começou a gostar da matança e não queria parar mais.

Rá se deu conta de que teria que enganá-la para impedir mais derramamento de sangue. Então, ele ordenou a seus mensageiros:

– Subam o Nilo até as ilhas da Primeira Catarata e sigam até a ilha chamada Elefantina. Lá, vocês encontrarão grande suprimento de ocre vermelho. Tragam-me o máximo que puderem.

Prontamente, os mensageiros seguiram suas ordens e correram para a ilha de Elefantina. À noite, eles voltaram para Heliópolis, a cidade de Rá, com pigmento vermelho-sangue. Enquanto isso, Rá ordenou às mulheres de Heliópolis que fizessem cerveja. Elas estavam se preparando desde a manhã. Rá viu milhares de jarros de cerveja diante dele. Então, ele ordenou que seus homens misturassem o ocre vermelho na cerveja. Quando terminaram, o líquido brilhava como sangue ao luar. Em seguida, Rá ordenou:

– Vão até o lugar onde Sacmis pretende matar os homens pela manhã. Despejem isso sobre a Terra. Façam-no antes que ela veja o sol da manhã.

Ainda era noite. Os homens de Rá levaram sete mil jarros de cerveja até os campos e despejaram sobre a Terra. A cerveja era tanta que cobria o solo a uma profundidade de vinte e três centímetros.

Quando o sol nasceu, Sacmis acordou e foi até os campos, à procura de homens para abater, porém não viu nenhum ser vivo à vista. Apesar disso, ela riu de orgulho e alegria ao ver o chão inundado de cerveja vermelha.

– Este é o sangue dos homens que conspiraram contra o grande Rá – disse ela, gloriosamente. – Eu matei cada uma daquelas criaturas do mal para vingar o desrespeito de meu pai. Devo continuar matando, mas, primeiro, deixe-me beber o sangue desses homens para matar a minha sede.

Pensando que a cerveja era sangue dos homens, Sacmis começou a beber. Ela bebeu tanto, mas tanto, que acabou subindo-lhe à cabeça e ela não conseguiu mais matar.

– Durma em paz, minha criança! – disse Rá ao vê-la. – Você não buscará mais sangue.

Assim, Rá enganou Sacmis para que ela caísse no sono e salvou a humanidade. A justiça e a paz foram novamente restauradas. Quando Sacmis finalmente acordou, ela havia mudado completamente e já não era mais a leoa sedenta de sangue. A primeira coisa que ela viu quando abriu os olhos foi Ptá, o deus criador. Sacmis se apaixonou por Ptá. Isso levou à união da criação e da destruição. Dessa união nasceu Nefertum, o deus da flor de lótus, dos aromas e do nascer do sol. Dizem que quando Rá estava sofrendo em sua velhice, Nefertum trouxe para ele uma flor de lótus sagrada para diminuir a miséria. O perfume da flor de lótus trouxe alívio e cura. Juntos, a família de Sacmis, Ptá e Nefertum passou a ser adorada como a Tríade de Mênfis.

OSÍRIS – A PRIMEIRA MÚMIA

Osíris, o deus da fertilidade e da agricultura, era o rei do Egito. Ele ensinou aos egípcios as leis da agricultura e as maneiras de viver pacificamente em comunidade. Os egípcios o amavam por causa de sua justiça e sabedoria. Ele era muito poderoso e respeitado por todos, porém tinha inimigos. Seu irmão, Seth, tinha ciúmes dele e tentou feri-lo de várias maneiras. No entanto, Osíris escapava todas as vezes e sua popularidade aumentava muito. Por fim, Seth bolou um plano para se livrar dele para sempre e reivindicar o trono. Ele conseguiu medir o corpo do irmão, passou a medida a um carpinteiro e mandou fazer um requintado baú de madeira.

– Quero homenageá-lo, meu irmão! – disse Seth a Osíris, certo dia. – Você agraciaria minha festividade com sua presença amanhã?

Ingenuamente, Osíris aceitou o convite de Seth. A reunião consistia apenas nos amigos de Seth. Todos passaram a noite dançando, cantando e festejando.

Seth havia organizado vários jogos para todos. Osíris divertia-se participando dos jogos. Para o jogo final da noite, o baú de madeira foi trazido diante dos convidados. Era o baú mais lindo que eles já tinham visto.

– Este baú é um prêmio para a primeira pessoa que couber perfeitamente dentro dele – anunciou Seth.

Todos os amigos de Seth tentaram deitar dentro do baú, porém ninguém coube. Finalmente, Osíris entrou, deitou e ficou surpreso ao ver como seu corpo se encaixava perfeitamente dentro dele. Naquele momento, Seth bateu na tampa do baú e fechou-o. Osíris lutou, em vão, tentando sair lá de dentro. Com a ajuda dos amigos, Seth jogou o baú no rio Nilo. Ele sabia que não havia maneira de Osíris conseguir escapar desta vez. Ísis ficou perturbada quando não conseguiu encontrar Osíris. Ela sabia que Seth, finalmente, havia conseguido matá-lo e procurou pelo esposo durante vários dias. Por fim, ela encontrou o baú de madeira perto da margem do rio. Ísis sentiu raiva e ficou com o coração partido ao ver o cadáver.

– Isso não pode ser o fim! – lamentou ela. – Volte para mim!

Ísis chorou amargamente. Ela não queria que Seth encontrasse o corpo de Osíris. Para ajudá-lo a passar para a vida após a morte, Ísis planejou realizar alguns rituais. Sendo assim, ela escondeu o corpo em meio as folhagens das margens do rio.

No entanto, quando Ísis voltou para seu palácio, Seth encontrou o corpo. Ele odiava tanto seu irmão que não queria que ele descansasse em paz. Então, ele cortou o corpo de Osíris em quatorze pedaços e os espalhou por todo o Egito. Quando Ísis voltou ao rio na manhã seguinte, ela não conseguiu encontrar o corpo. Sua raiva e desespero eram insuportáveis. Ísis se transformou em um pássaro enorme e voou sobre o Egito, procurando o corpo. Com sua visão aguçada, ela conseguiu encontrar todas as partes. Ísis foi ajudada por sua irmã, Néftis, Thoth, o deus da Lua, e Anúbis, o deus da morte. Eles começaram a costurar o corpo de Osíris e realizaram vários rituais mágicos nele. Eles trabalharam no corpo durante várias noites.

Finalmente, quando todas as partes do corpo foram costuradas, eles o envolveram com tiras de linho. O corpo foi coberto da cabeça aos pés. Esta foi a primeira múmia. Ela foi escondida de Seth.

Ísis esperou pacientemente pela noite de lua cheia e lançou um poderoso feitiço para trazer Osíris de volta à vida. Sua magia era tão grande que o corpo mumificado acordou. Osíris agradeceu a Ísis e a todos que o ajudaram até então.

– Este é o mundo dos vivos – disse ele. – Mesmo que seu amor e magia tenham me ressuscitado e eu seja grato por isso, ainda assim não posso continuar aqui. A triste verdade é que morri e não posso ficar com os vivos. Devo viajar para onde pertenço, o mundo dos mortos. Lá, eu serei o Rei da Vida após a morte.

Ísis ficou arrasada.

– Não tenha medo! – disse Osíris a ela. – Com o passar do tempo, você dará à luz um filho poderoso. Chame-o de Hórus. Ele trará a derrota para Seth e protegerá o povo do Egito de seu regime maligno.

A ordem e a paz no mundo retornarão quando Hórus reivindicar o trono egípcio.

Osíris partiu e Ísis seguiu seu conselho. Ela fez de tudo para proteger seu filho do homem que havia assassinado Osíris.

ÍSIS E OS SETE ESCORPIÕES

Certa noite, uma mulher pobre caminhava pela Cidade das Duas Irmãs no Delta do Nilo, segurando uma criança nos braços, implorando por comida. Ela não era uma mulher comum. Sete enormes escorpiões a acompanhavam. A mulher era Ísis, a deusa egípcia da saúde, do casamento e da fertilidade. Ela estava se escondendo de seu irmão, Seth, que era o deus da guerra, do caos e das tempestades e já havia matado o marido de Ísis, Osíris. Para permanecer rei do Egito, ele também precisaria matar Ísis e seu filho, Hórus. Ísis estava determinada a proteger seu filho. Sélquis, deusa da proteção e das criaturas peçonhentas, veio em sua ajuda.

A seu comando, sete escorpiões começaram a proteger Ísis e seu filho. Três dos escorpiões, chamados Petet, Tjetet e Matet, sempre caminhavam na frente dela. Os escorpiões Mesetet e Mesetetef protegiam-na de ambos os lados. Os escorpiões Tefen e Befen caminhavam atrás dela. Naquela noite, Ísis estava caminhando em direção aos pântanos. Ela estava cansada e com fome e, então, resolveu parar na casa de uma mulher nobre, chamada Usert.

– Por favor, tenha misericórdia de nós! – implorou ela. – Você pode nos dar um pouco de comida? Podemos ficar aqui esta noite?

Usert olhou para a pobre mulher e os escorpiões que a rodeavam e se recusou a dar qualquer tipo de ajuda, fechando a porta de sua mansão. Ísis continuou sua jornada. Quando estava perto de uma cabana, uma pescadora a chamou:

– Entre, pobre mulher! Você e seu filho devem estar famintos.

Sem saber que a pobre mulher era a deusa mais poderosa do Egito, a pescadora forneceu-lhe comida, roupas e lugar para dormir. Logo, Ísis e Hórus estavam dormindo.

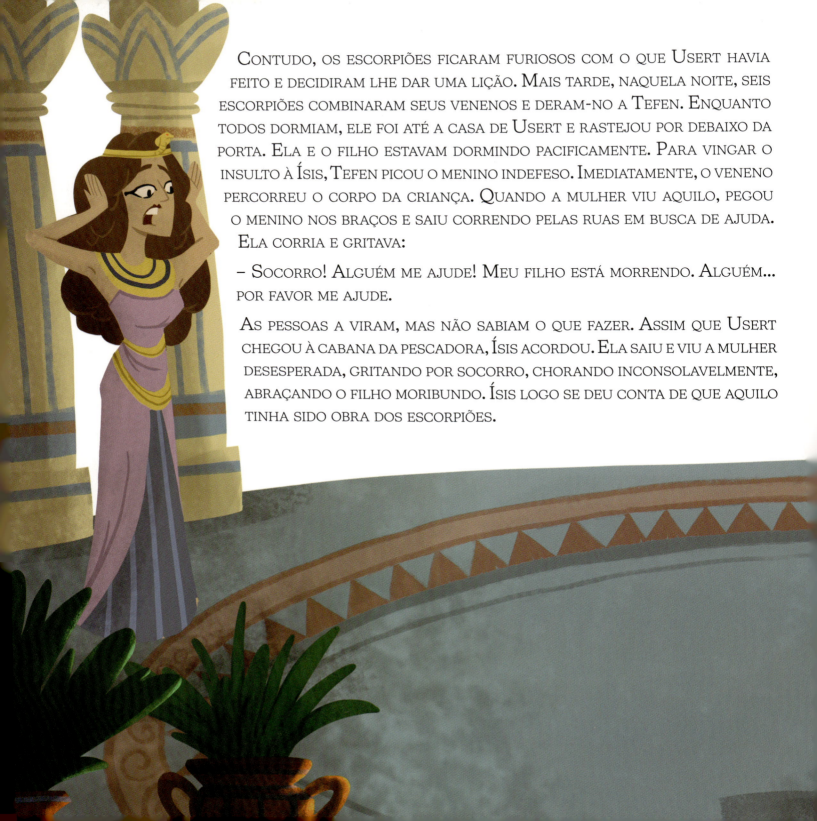

Contudo, os escorpiões ficaram furiosos com o que Usert havia feito e decidiram lhe dar uma lição. Mais tarde, naquela noite, seis escorpiões combinaram seus venenos e deram-no a Tefen. Enquanto todos dormiam, ele foi até a casa de Usert e rastejou por debaixo da porta. Ela e o filho estavam dormindo pacificamente. Para vingar o insulto à Ísis, Tefen picou o menino indefeso. Imediatamente, o veneno percorreu o corpo da criança. Quando a mulher viu aquilo, pegou o menino nos braços e saiu correndo pelas ruas em busca de ajuda.

Ela corria e gritava:

– Socorro! Alguém me ajude! Meu filho está morrendo. Alguém... por favor me ajude.

As pessoas a viram, mas não sabiam o que fazer. Assim que Usert chegou à cabana da pescadora, Ísis acordou. Ela saiu e viu a mulher desesperada, gritando por socorro, chorando inconsolavelmente, abraçando o filho moribundo. Ísis logo se deu conta de que aquilo tinha sido obra dos escorpiões.

– A pobre criança é inocente e não deve ser punida pelo que sua mãe fez – disse Ísis a si mesma e, em seguida, pediu à mulher chorosa que colocasse a criança no chão.
– Tudo ficará bem – assegurou-lhe Ísis, pegando o menino em seus braços.

Então, Ísis recitou um encantamento poderoso, invocando o nome de todos os sete escorpiões.

— Eu sou Ísis, a grande feiticeira e a oradora dos feitiços — disse ela. — Veneno de Tefen, eu ordeno que não vás mais longe. Deixe o menino inocente e caia ao chão! Ó veneno de Mestet, segure seu fluxo! Deixe o menino e caia ao chão. Pare, veneno de Mestetef! Não vá mais longe, perdoe o menino e caia ao chão! Veneno de Befen, saia do pobre menino e caia ao chão! Cesse, veneno de Petet, Tjetet e Matet! Poupe o menino inofensivo e caia ao chão!

Quando Usert viu isso, sentiu-se envergonhada. Algumas horas atrás, ela havia sido dura com a mulher que estava salvando a vida de seu filho. Os escorpiões ouviram as ordens e obedeceram à deusa. O menino se levantou, assim que o veneno de todos os escorpiões deixou o corpo dele.

– Perdoe-me, deusa misericordiosa! – gritou Usert, prostrando-se diante de Ísis. – Nunca poderei agradecer o suficiente por salvar a vida do meu filho. Eu a presentearei com toda a minha riqueza, a qual me deixou tão cega.

Ísis partiu com o filho, deixando para trás a pescadora aos cuidados da nobre mulher. Desde aquele dia, o povo do Egito começou a invocar feitiços, assim como Ísis tinha feito para tratar as picadas de escorpião.

HÓRUS X SETH

Conforme previsto por Osíris, Ísis deu à luz Hórus e fez o possível para mantê-lo longe dos olhos de Seth, tornando-se sua guia e protetora. Para ficar escondida, ela criou a criança perto dos pântanos de papiro. A vida era difícil tanto para a mãe quanto para a criança. Ísis aprendeu a curar Hórus do veneno de escorpiões e cobras e o protegia contra os ataques de crocodilos. Ela era ajudada por muitos deuses na tarefa de criar e guardar o futuro rei do Egito. Hórus deveria acabar com a era das trevas e o governo maligno de seu tio, Seth. Ele tinha o Sol como olho direito e a Lua como olho esquerdo. O espírito de Osíris frequentemente visitava o jovem Hórus e lhe ensinava os caminhos dos guerreiros. Hórus aprendia diligentemente com o espírito. Ele sabia que estava destinado a vingar a morte de seu pai e o destino de sua mãe. O espírito de Osíris ficou satisfeito ao ver a sabedoria e determinação de seu filho.

Finalmente, quando chegou o momento de Hórus enfrentar Seth, ele foi perante o conselho dos deuses e pediu a Rá, o pai dos deuses, que lhe concedesse o trono do Egito.

– Ó poderoso Rá... Eu sou Hórus, o filho de Osíris e o legítimo sucessor do trono do Egito – disse ele.

Todos, exceto Rá, concordaram que ele era o legítimo dono do trono.

– Um rei poderoso não se faz por nascimento – disse ele. – Você precisa de idade e experiência para governar a terra do Egito de maneira justa.

Consequentemente, Hórus travou uma guerra contra Seth. Várias competições foram travadas entre eles. Hórus usou as habilidades ensinadas a ele pelo espírito de seu pai. Nos últimos anos, ele havia se tornado proficiente em combate marcial, magia, resistência, estratégia e, até mesmo, sagacidade.

Hórus venceu Seth em todas as disputas e guerras. Certa vez, Seth assumiu a forma de um porco preto e arrancou seu olho esquerdo. No entanto, Thoth, o deus da escrita, da magia, da sabedoria e da lua, o curou. A partir de então, as pessoas começaram a usar o símbolo do Olho de Hórus para proteção, saúde e restauração. Hórus surgia como vencedor cada vez que lutava com Seth. Finalmente, o conselho de deuses decidiu resolver a disputa, afinal, eles haviam visto como Hórus estava derrotando Seth todas as vezes. Inicialmente, foi decidido que o Baixo Egito seria governado por Hórus e o Alto Egito ficaria sob o domínio de Seth.

No entanto, a disputa continuou. Por fim, Rá declarou:

– Hórus será o rei das Duas Terras do Egito.

Em seguida, Rá também recompensou Seth, dizendo:

– Você deve ficar comigo, como defensor da barca solar e protegê-la do monstro Apófis, que vive no mar celestial.

Seth assumiu sua posição na proa da barca solar. Hórus ganhou popularidade entre o povo do Egito como o vingador, o Faraó e o deus da realeza. Dizem que a inimizade entre Seth e Hórus continuou mesmo depois que ele faleceu. Hórus não foi mais o Faraó do Egito após sua morte. Quando ele apareceu perante o conselho dos deuses, Seth também veio perante eles para reivindicar o governo do mundo. Até hoje, Seth e Hórus brigam pelas almas dos humanos e pelo governo do mundo. Os antigos egípcios acreditavam que a última batalha ainda estava por ser travada. Seth seria derrotado novamente e Osíris retornaria à Terra com as almas de seus seguidores leais. Essas almas necessitariam de corpos para andar na Terra. Para ajudar Osíris e seus seguidores na Terra, os egípcios embalsamaram os mortos e colocaram seus corpos sob as pirâmides.

O LIVRO DE THOTH

Neferkaptah, filho do Faraó Amenhotep, tinha grande prazer em estudar os escritos antigos e era conhecido entre o povo como um príncipe sábio e um mágico que podia lançar feitiços impossíveis. Ele era casado com Ahura e juntos tiveram um filho, chamado Merabe. Embora tivesse todos os luxos que alguém poderia imaginar na vida, o coração de Neferkaptah ansiava por conhecimento. Ele sabia que as esculturas nas paredes do templo e dentro das tumbas e das pirâmides dos reis e sacerdotes falavam de sabedoria e magia, por isso nunca perdeu a chance de estudá-las.

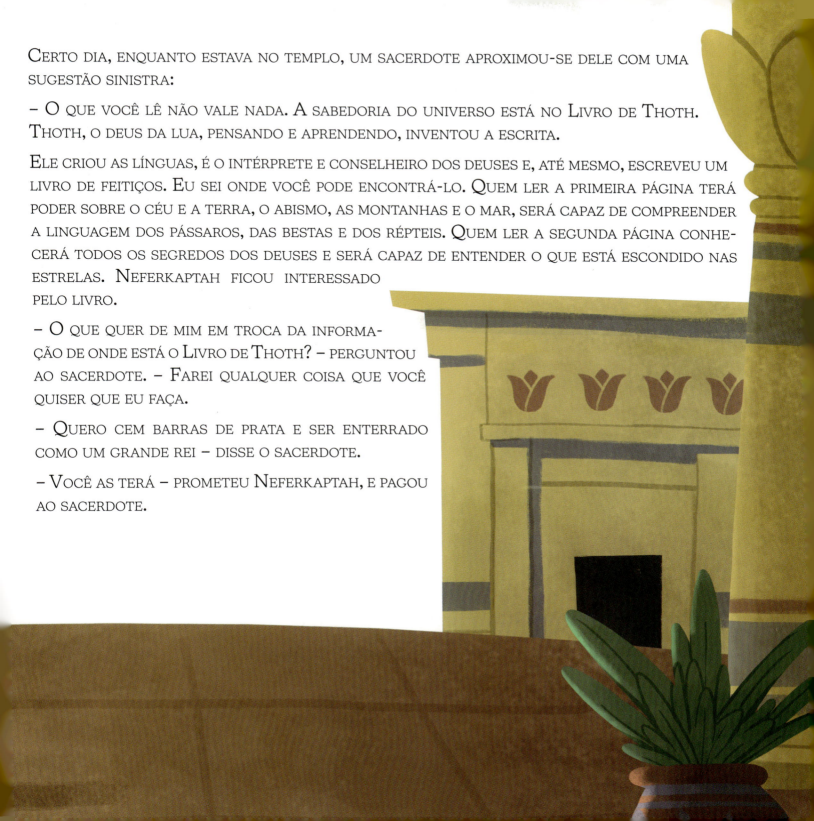

Certo dia, enquanto estava no templo, um sacerdote aproximou-se dele com uma sugestão sinistra:

– O que você lê não vale nada. A sabedoria do universo está no Livro de Thoth. Thoth, o deus da lua, pensando e aprendendo, inventou a escrita.

Ele criou as línguas, é o intérprete e conselheiro dos deuses e, até mesmo, escreveu um livro de feitiços. Eu sei onde você pode encontrá-lo. Quem ler a primeira página terá poder sobre o céu e a terra, o abismo, as montanhas e o mar, será capaz de compreender a linguagem dos pássaros, das bestas e dos répteis. Quem ler a segunda página conhecerá todos os segredos dos deuses e será capaz de entender o que está escondido nas estrelas. Neferkaptah ficou interessado pelo livro.

– O que quer de mim em troca da informação de onde está o Livro de Thoth? – perguntou ao sacerdote. – Farei qualquer coisa que você quiser que eu faça.

– Quero cem barras de prata e ser enterrado como um grande rei – disse o sacerdote.

– Você as terá – prometeu Neferkaptah, e pagou ao sacerdote.

O sacerdote, então, disse a ele a localização do antigo texto.

– O Livro de Thoth está abaixo do meio do Nilo em Koptos, em uma caixa de ferro. Na caixa de ferro há uma caixa de bronze; na caixa de bronze há uma caixa de sicômoro; na caixa de sicômoro há uma caixa de marfim e ébano; na caixa de marfim e ébano há uma caixa de prata; na caixa de prata há uma caixa de ouro e nesta está o livro de Thoth. Cobras e escorpiões cercam o livro, que é guardado por uma serpente que não pode ser morta.

Neferkaptah agradeceu e voltou para casa. Com sua esposa e filho, navegou no barco real em direção a Koptos, a fim de encontrar o livro. Ao chegar lá, fez arranjos para a estada de sua família no Templo de Ísis e Hórus perto do rio. Depois de quatro dias, levou o barco real para o meio do rio. Lá, criou uma cabana mágica, cheia de homens e equipamentos, lançou um feitiço sobre ela, dando vida e fôlego aos homens, e afundou-a no rio. Em seguida, encheu o barco real com areia e partiu no meio do Nilo até chegar ao local abaixo do qual ficava a cabana mágica. Neferkaptah e seus homens demoraram três dias para encontrar a caixa de ferro. Quando a encontraram, havia cobras e escorpiões embaixo e em cima dela. Enrolada ao redor da caixa estava a serpente que não podia ser morta. Neferkaptah empurrou a caixa até o banco de areia do rio.

Ele deu um grito mágico e todas as serpentes e escorpiões, exceto uma cobra, ficaram imóveis. A serpente imortal, que rodeava a caixa, ergueu a cabeça para lutar contra Neferkaptah, enquanto ele caminhava em direção a ela. Nenhum de seus encantos e feitiços funcionaram sobre a serpente. Neferkaptah desembainhou sua espada e cortou a cabeça dela. No entanto, no mesmo instante, sua cabeça e seu corpo fizeram um espiral e se uniram novamente, como se nada tivesse acontecido. O sábio príncipe tentou matar a serpente imortal várias vezes, mas essa sempre retornava à sua forma original. Neferkaptah se deu conta de que a única maneira de se livrar da serpente era dominá-la com astúcia. Finalmente, ele conseguiu cortar a cabeça dela e, prontamente, jogou areia em cada parte de seu corpo para que não ficasse inteiro novamente. A cabeça e o corpo da cobra permaneceram separados, pois a areia os impedia de se juntarem novamente. Então, Neferkaptah abriu a caixa, enquanto as criaturas que a guardavam olhavam para ele em silêncio. Foi exatamente como o sacerdote havia dito a ele. Havia uma série de caixas aninhadas umas dentro das outras.

Ele, finalmente, havia encontrado o Livro de Thoth. Ao ler a primeira página, Neferkaptah ganhou poder sobre os céus e a terra e pôde entender a linguagem dos pássaros e das bestas. Quando leu a segunda página, entendeu o segredo do Sol, da Lua e das estrelas, e pôde ver os deuses no céu. Em seguida, Neferkaptah levou o livro para Koptos e o entregou para sua esposa. Mesmo que ela não aprovasse o aprendizado que vinha ao custo da magia maligna, ela leu o livro e adquiriu o conhecimento que ele tinha. Neferkaptah escreveu os feitiços do livro em um pedaço de papiro, mergulhou o papel em um copo de cerveja para lavar as palavras e bebeu para que o conhecimento dos feitiços entrasse em seu corpo. Neferkaptah não sabia o destino maligno que o esperava.

Quando Thoth soube que seu livro havia sido roubado, ele foi até Rá. Rá deu a Thoth o poder de punir Neferkaptah e tirar dele tudo o que lhe era caro. Quando o príncipe entrou no barco real com sua família, os deuses se vingaram. Nenhum deles conseguiu voltar para o Faraó. A tumba de Neferkaptah fica na necrópole de Mênfis. O Livro de Thoth foi mantido sobre seu peito. Ao seu lado estavam as almas de Ahura e Merabe para avisar a qualquer um, que fosse buscar o Livro de Thoth, dos perigos que vinham com o mesmo.

O LÓTUS DOURADO

Certa vez, o Faraó Sneferu quis ver uma maravilha que nenhum mago comum pudesse invocar. Ao seu comando, Zazamankh, o Mago-chefe, foi trazido diante dele. Zazamankh sabia que aquela não seria uma tarefa comum, afinal, o rei estava cansado de diversões comuns. Então, ele disse:

– Ó Faraó, abençoado sejas com grande vida e pujança. Sugiro uma expedição incomum pelo rio Nilo, que leve o barco real até o lago abaixo de Mênfis. Suas remadoras devem ser belas donzelas da Casa Real das Mulheres do Rei. Só então poderás ver maravilhas às margens do lago que enriquecerão seu coração com alegria e admiração.

A imaginação do Faraó foi instigada. Ele deu permissão ao mago-chefe para organizar a tal expedição.

Zazamankh agradeceu a oportunidade e foi até os assistentes no comando com uma lista de coisas que ele queria para a viagem:

– Preciso de vinte remos de ébano incrustados de ouro, com lâminas de madeira leve incrustadas com electro; vinte das donzelas mais belas e adoráveis com cabelos esvoaçantes da casa do Faraó para remar os remos; vinte redes de fios de ouro a serem dadas às belas donzelas como vestimentas; ornamentos de ouro, electro e malaquita para as donzelas.

Tudo foi organizado de acordo com as ordens de Zazamankh. Finalmente, o barco real ficou pronto e o Faraó partiu em sua jornada encantada. Na verdade, o coração do Faraó Sneferu já havia se enchido de admiração no momento em que ele havia visto a água brilhante do lago e ouvido o chilrear agradável dos pássaros. Ele se sentia como se estivesse navegando nos tempos dourados, quando Rá governava a Terra, e imaginava que tal beleza, mais uma vez, prevaleceria, quando Osíris retornasse à Terra. As donzelas cantando e remando no barco enchiam a vista com um fascínio peculiar. De repente, o encantamento foi interrompido. O cabo de um dos remos tocou a cabeça da donzela principal e jogou na água o lótus dourado que ela usava na parte de trás dos cabelos. Então, ela parou de cantar e deu um grito ao vê-lo afundar. Naquele momento, todas as remadoras atrás dela também pararam de cantar e remar.

– Por que pararam? – perguntou o Faraó Sneferu para as donzelas.

– Nossa guia parou – responderam as donzelas. – Ela deve conduzir para que continuemos.

O Faraó perguntou à donzela principal:

– O que a incomoda? Por que parou de cantar e conduzir as remadoras atrás de você?

– Perdoe-me, Faraó – disse a donzela. – O remo tocou meus cabelos e o lindo lótus dourado que Vossa Majestade havia me dado caiu na água.

O Faraó Sneferu assegurou-lhe que ela teria outro e pediu-lhe que retomasse sua responsabilidade.

No entanto, a jovem começou a chorar:

– Só quero se for o mesmo lótus dourado.

O Faraó ficou um pouco irritado.

– Quero ver Zazamankh, pois foi ele quem sugeriu essa expedição. Só ele pode encontrar o lótus dourado que afundou no lago.

Em seguida, Zazamankh apareceu e se ajoelhou diante do faraó, em respeito. Sneferu elogiou o mago por planejar a expedição e falou sobre como se sentia revigorado. Em seguida, explicou a ele o evento que havia interrompido a jornada.

— Zazamankh, você é o maior mago que esta terra já viu – disse Sneferu. – Só você pode recuperar o lótus dourado e trazer alegria para a pequena donzela que lidera as remadoras.

O mago sorriu e disse:

– Ó Faraó, abençoado sejas com grande vida e pujança! Para cumprir sua ordem, realizarei um encantamento nunca visto antes. Seu coração ficará cheio da maravilha que buscas.

Então, o mago subiu para a frente do barco real e, agitando sua vara sobre a água, entoou um encantamento mágico. Para a surpresa de todos, o lago começou a se abrir. A água se dividiu em duas partes, como se o mago a estivesse cortando ao meio com uma espada. Ao seu comando, a água do lago subiu cerca de doze metros de altura distante do barco real. Zazamankh conduziu gentilmente o barco até o fundo do lago, onde a terra estava seca e firme. O lótus dourado estava diante do barco.

– Aí está, meu lótus dourado! – gritou a donzela, contente, enquanto descia do barco.

Caminhando em terra firme, ela apanhou o lótus e colocou-o firmemente de volta nos cabelos. Em seguida, ela retornou ao barco, pegou o remo e começou a cantar novamente.

O PRÍNCIPE QUE ENCONTROU A ESFINGE

O Faraó Amenófis teve muitos filhos de diferentes esposas. No entanto, seu favorito era o príncipe Tutmés, arqueiro habilidoso, excelente cocheiro, crítico sábio e planejador inteligente. Ele tinha o mesmo nome que seu avô, o Faraó Tutmés III. O príncipe Tutmés vivia uma vida luxuosa, mas preocupada. Seus irmãos e meios-irmãos estavam sempre conspirando contra ele. De alguma maneira, eles tinham certeza de que Tutmés seria o próximo Faraó e queriam que o pai deles, os mais velhos da comunidade e os sacerdotes pensassem que Tutmés seria um governante inútil e incompetente. Certa vez, um de seus irmãos até tentou matá-lo. No entanto, anos de *bullying* o ensinaram a escapar de situações complicadas. Como Tutmés tinha poucos simpatizantes, começou a passar muito tempo sozinho. Ele gostava de explorar o deserto e o alto Egito e de ficar longe da atenção de todos. No entanto, ele era frequentemente necessário na corte e para fins cerimoniais. Nessas ocasiões, Tutmés terminava as tarefas que lhe eram atribuídas e escapava na primeira oportunidade. Embora o príncipe fosse odiado por muitos, ele tinha alguns seguidores leais que gostavam de passar o tempo caçando com ele nos limites do deserto.

Certa vez, todos estavam ocupados com as festividades realizadas em homenagem a Rá, reunidos em Heliópolis, alguns quilômetros adiante do rio Nilo. O Príncipe Tutmés viu aquilo como uma oportunidade e fugiu com dois servos e uma carruagem. Ele saiu de madrugada para poder caçar durante o dia, chegando próximo às Pirâmides de Gizé por volta do meio-dia. O sol estava muito forte e o calor era insuportável. O Príncipe Tutmés e seus servos pararam para comer e descansar à sombra das palmeiras. De repente, o Príncipe Tutmés entrou na carruagem e disse aos servos:

– Esperem aqui por mim. Estamos próximos às pirâmides. Devo ir até lá e oferecer orações a Harmaquis, o grande deus do sol nascente. Tutmés cavalgou até a pirâmide de Quéfren. Ele desejava ficar sozinho para orar. Enquanto se maravilhava com a beleza da pirâmide naquele dia quente, algo incrível chamou-lhe a atenção. Ele viu uma cabeça gigantesca feita de pedra se erguer da areia.

Curioso, o Príncipe Tutmés inspecionou a estrutura. Ela tinha o corpo de um leão e a cabeça de um Faraó do Egito.

– É uma escultura do grande Harmaquis. É a forma poderosa que ele assumiu para caçar os seguidores de Seth – pensou consigo mesmo.

O Príncipe Tutmés estava vendo a Esfinge, que havia sido esculpida em uma rocha sólida para guardar a pirâmide do Faraó Quéfren. O Faraó ordenou a seus escultores que moldassem a cabeça e o rosto da Esfinge à sua semelhança. Durante anos, a escultura guardou seu túmulo. Com o tempo, a areia do deserto a enterrará.

– Ó grande Harmaquis, deus do sol nascente, eu sou o Príncipe Tutmés – disse ele, ajoelhando-se. – Estou aqui para prestar meus mais profundos respeitos. Foi a sorte que me trouxe aqui para ver sua ilustre figura posta em pedra. Tu és o protetor dos faraós, que são feitos à tua imagem. Abençoe-me, pois estou preocupado.

De repente, a estrutura colossal começou a se mover. A areia ao redor dela tremeu intensamente. Parecia que a Esfinge estava presa e queria se libertar da areia.

– Tutmés, Príncipe do Egito, eu sou Harmaquis, o pai de todos os Faraós do Egito. Estás destinado a tornar-te um grande Faraó e usar a Coroa Dupla do Alto e do Baixo Egito. Deves sentar-te no trono da Terra e as pessoas do mundo se ajoelharão diante de ti para reverenciar-te. Longos anos de vida e grande poder serão teus. Meu coração se inclina para trazer-te coisas boas. Teu espírito será envolvido no meu – disse a Esfinge.

O príncipe olhou para a Esfinge com devoção.

– Tutmés, olhe o estado em que estou – continuou a Esfinge. – A areia me sufoca. Isso está me segurando. Sinto-me sufocado e separado do mundo. Se tu te tornares o Faraó, prometa que cuidarás de mim como um filho cuida de seu pai. Sempre estarei contigo para orientar-te. A grandeza será tua.

Tutmés estava surpreso ao ouvir a Esfinge e olhava para ela com atenção. Então, uma luz forte começou a brilhar em seus olhos. Parecia que dois sóis brilhavam intensamente. Tudo ficou tão claro que Tutmés não conseguia ver nada. Ele desmaiou na areia quente e, quando acordou, o sol já estava se pondo e a sombra da Esfinge caía sobre seu corpo. Tudo ficou em silêncio.

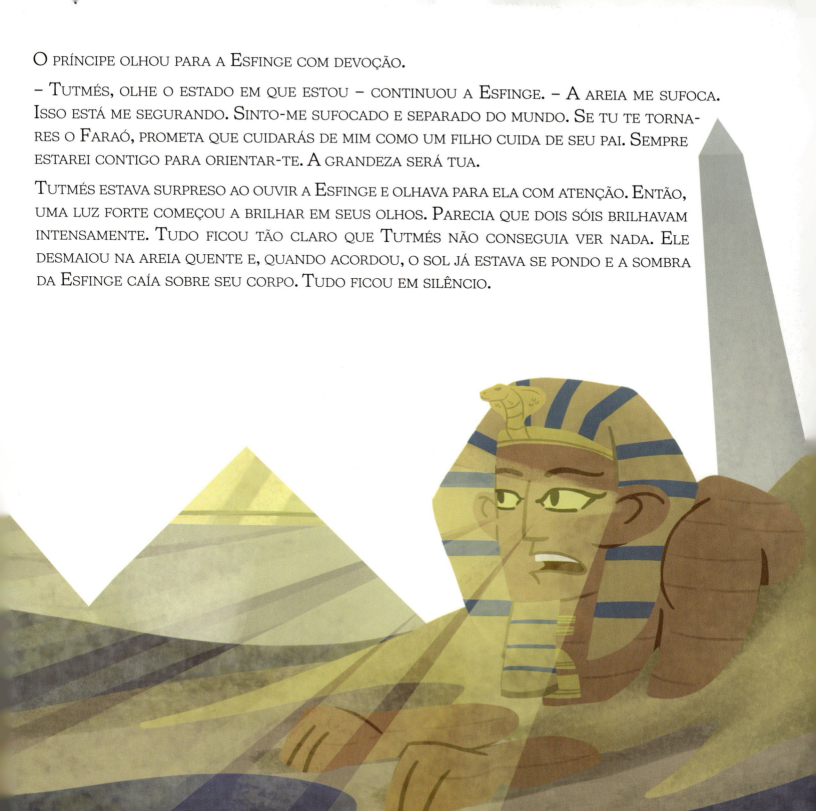

– Harmaquis, pai dos Faraós! – disse Tutmés – Juro perante vós e a todos os deuses do Egito que, se eu me tornar Faraó, libertarei sua imagem da areia.

Com essa promessa, Tutmés retornou à Mênfis. Daquele dia em diante, ele não se incomodou mais com a animosidade de seus irmãos. Com o tempo, ele se tornou o Faraó e cumpriu a promessa que havia feito à Esfinge no deserto.

A HISTÓRIA DA FOME

O Faraó Djoser foi o fundador da terceira dinastia do Egito. Durante sua Era, o Egito sofreu um longo período de fome que durou sete anos. O Faraó estava atormentado e em grande angústia. Como o Nilo não enchia há muitos anos, havia escassez de alimentos em todos os lugares. As pessoas começaram a roubar para sobreviver. Aqueles que não conseguiam encontrar comida de forma alguma sucumbiam à fome. Os templos e santuários foram fechados ou abandonados. Quando o Faraó Djoser não conseguiu encontrar uma solução, ele chamou Imotepe, seu primeiro-ministro.

— Consulte os sacerdotes, decifre textos antigos, ore aos deuses! — disse o Faraó. — Descubra mais sobre o Deus que governa o Nilo. Encontre uma maneira de acabar com essa fome!

Sem demora, partirei para Heliópolis, a cidade do Deus Sol Rá, em busca de uma solução — disse Imotepe. — Se os deuses permitirem, veremos o Nilo fluindo novamente.

Em Heliópolis, Imotepe veio a saber que o Nilo começava na cidade de Elefantina. Então, ele viajou para Elefantina e descobriu que Khnum, o deus da fertilidade, da água e da procriação, controlava a inundação do Nilo a partir de uma fonte sagrada. Ele foi ao templo de Khnum. Como os outros santuários e locais de culto, o templo havia sido abandonado em função da fome. Não havia ninguém para adorá-lo ou trazer-lhe ofertas. Imotepe ofereceu orações ao deus e voltou ao Faraó Djoser com suas descobertas. O Faraó Djoser ouviu as experiências de Imotepe, mas ainda não sabia o que fazer. Então, uma noite, o faraó sonhou com o deus Khnum.

Quando acordou, ele sabia o que tinha que ser feito e logo tomou providências para restaurar o templo de Khnum, em Elefantina. Sacerdotes, escribas e trabalhadores trouxeram vida de volta ao templo. A partir de então, ofertas regulares eram feitas a Khnum. Em pouco tempo, o Nilo foi inundado, a fome acabou e as pessoas tiveram alimento suficiente para comer. Para ajudar as pessoas a se lembrarem de Khnum, a história dos sete anos de fome foi posteriormente gravada em uma pedra de granito na Ilha Sehel, em Heliópolis.